## 기획의 말

그리운 마음일 때 'I Miss You'라고 하는 것은 '내게서 당신이 빠져 있기(miss) 때문에 나는 충분한 존재가 될 수 없다'는 뜻이라는 게 소설가 쓰시마 유코의 아름다운 해석이다. 현재의 세계에는 틀림없이 결여가 있어서 우리는 언제나 무언가를 그리워한다. 한때 우리를 벅차게 했으나 이제는 읽을 수 없게 된 옛날의 시집을 되살리는 작업 또한 그 그리움의 일이다. 어떤 시집이 빠져 있는 한, 우리의 시는 충분해질 수 없다.

더 나아가 옛 시집을 복간하는 일은 한국 시문학사의 역동성이 드러나는 장을 여는 일이 될 수도 있다. 하나의 새로운 예술작품이 창조될 때 일어나는 일은 과거에 있었던 모든 예술작품에도 동시에 일어난다는 것이 시인 엘리엇의 오래된 말이다. 과거가 이룩해놓은 질서는 현재의 성취에 영향받아 다시 배치된다는 것이다. 우리는 현재의 빛에 의지해 어떤 과거를 선택할 것인가. 그렇게 시사(詩史)는 되돌아보며 전진한다.

이 일들을 문학동네는 이미 한 적이 있다. 1996년 11월 황동규, 마종기, 강은교의 청년기 시집들을 복간하며 '포에지 2000' 시리즈가 시작됐다. "생이 덧없고 힘겨울 때 이따금 가슴으로 암송했던 시들, 이미 절판되어 오래된 명성으로만 만날 수 있었던 시들, 동시대를 대표하는 시인들의 젊은 날의 아름다운 연가(戀歌)가 여기 되살아납니다." 당시로서는 드물고 귀했던 그 일을 우리는 이제 다시 시작해보려 한다.

## 기획의 말

그리운 마음일 때 'I Miss You'라고 하는 것은 '내게서 당신이 빠져 있기(miss) 때문에 나는 충분한 존재가 될 수 없다'는 뜻이라는 게 소설가 쓰시마 유코의 아름다운 해석이다. 현재의 세계에는 틀림없이 결여가 있어서 우리는 언제나 무언가를 그리워한다. 한때 우리를 벅차게 했으나 이제는 읽을 수 없게 된 옛날의 시집을 되살리는 작업 또한 그 그리움의 일이다. 어떤 시집이 빠져 있는 한, 우리의 시는 충분해질 수 없다.

더 나아가 옛 시집을 복간하는 일은 한국 시문학사의 역동성이 드러나는 장을 여는 일이 될 수도 있다. 하나의 새로운 예술작품이 창조될 때 일어나는 일은 과거에 있었던 모든 예술작품에도 동시에 일어난다는 것이 시인 엘리엇의 오래된 말이다. 과거가 이룩해놓은 질서는 현재의 성취에 영향받아 다시 배치된다는 것이다. 우리는 현재의 빛에 의지해 어떤 과거를 선택할 것인가. 그렇게 시사(詩史)는 되돌아보며 전진한다.

이 일들을 문학동네는 이미 한 적이 있다. 1996년 11월 황동규, 마종기, 강은교의 청년기 시집들을 복간하며 '포에지 2000' 시리즈가 시작됐다. "생이 덧없고 힘겨울 때 이따금 가슴으로 암송했던 시들, 이미 절판되어 오래된 명성으로만 만날 수 있었던 시들, 동시대를 대표하는 시인들의 젊은 날의 아름다운 연가(戀歌)가 여기 되살아납니다." 당시로서는 드물고 귀했던 그 일을 우리는 이제 다시 시작해보려 한다.

# 내 눈앞의 전선

문학동네포에지 071

이향지 시집

# 내
# 눈앞의
# 전선

## 시인의 말

시가 각(覺)이라고 생각하는 이들에게 내 시는 낯설어 보일 것이다.

시가 언(言)이라고 생각하는 이들에게 내 시는 미래로 보일 것이다.

나는 대답을 듣기 위해 시를 쓴 것은 아니다.

내 시는 질문이다.

얇디얇은 존재 하나를 뚫고 나오는 데 60년이 걸렸다.

겨울 해는 짧지만, 질문은 계속될 것이다.

시에 감사한다.

2002년 생일에

이향지

## 개정판 시인의 말

너머의 말을 찾아다녔다. 가장 멀리, 가장 깊이 들어가 보았다. 막연하였으나 얼마쯤은 만났다. 21년 전, 그때의 뜨거움을 다시 만난다. 이렇게나 많은 여자가 내 안에 복작대고 있었음을 확인한다. 숨을 곳이 없다.

2023년 여름 즈음
이향지

차례

## 2부 봄 잎



## 3부 거울

**4부 호두**

# 1부 겨울

# 낙관

연꽃 한 송이 돌 속에 꽃 핀 몸을 새겨넣을 동안

새 한 마리 돌 속에 나는 몸을 새겨넣을 동안

소나무 한 그루 돌 속에서 달빛 두르고 걸어나올 동안

대나무 한 그루 돌을 뚫고 구름에서 일어설 동안

내가 뻘 속에 주저앉아 진흙 꽃봉오리나 밀어내고 있을 동안

# 둥글고 환한 구멍

달빛이 부서진다
달빛이 부서진다
삼복날 부채같이 훌렁거리는 개꼬리에 감겨
선달 보름 둥근 달빛이 부서져내린다

물 묻은 손으로 문고리를 잡으니 얼음이 쩍쩍 붙는 밤

자정에 개밥 주러 나온 게으른 여자가
냄비 바닥에 들러붙은 젖은 밥알을 긁을 때
스테인리스 숟가락 등에 부딪쳐 부서져내린다
숟가락 목으로 탁탁 쳐서 끈끈한 밥알을 떨굴 때
숟가락 자루 쥔 손등에 걸려 부서져내린다

일어서서 실눈을 뜨고 달을 쳐다본다

영하 58도의 한풍에, 달은
멀고 아득한 하늘 속까지 떠밀려갔다
달이 빠져나간 구멍은 둥글고 긴 홈통 속이다
홈통 끝은 낮인가, 홈통 저쪽만 텅 비어 환하다
잘 얼린 얼음같이 푸르스름하고 판판하고
환한 구멍, 저 둥근 구멍 밖에 달이 있는가
홈통 밖은 부서진 달빛만 자자하다

다복솔이 어깨와 머리에 앉은 눈가루를 터는 밤

한 번 더 실눈을 뜨고 홈통 속 들여다본다
달은 없다, 구멍뿐이다
주먹을 이어 붙여 주먹 망원경을 만들어본다
조리개를 좁히고 망원경으로 당겨볼수록 달은 더 없다
섣달 보름 둥근 달이 설한풍에 떠밀려 먼 우주로
빠져나간 구멍뿐이다, 둥글고 환한 구멍 바닥에
낯익은 나무 그림자 하나 흐리게 누워 있다

그래도, 달은 둥글고 환한 구멍 하나는 남기고 간다

## 방울토마토

방울토마토가 있었는데, 지금은 없다. 내가 먹었다. 그가 먹었다. 방울토마토가 먹었다. 나는 방울토마토 나무였는데, 지금은 없다. 효정이가 먹었다. 경로가 먹었다. 방울토마토가 먹었다. 그 아이들은 탐스러운 방울토마토였는데, 지금은 없다. 내가 먹었다. 그가 먹었다. 방울토마토가 먹었다.

방울토마토 · 국산
중량 412g 100g당 310원 가격 1277원 포장 년월일 00.2.17. 판매처 암호 0204437012777 업종 기타식품판매업

방울토마토 지금은 빈 용기만 있다. 동글동글 잘 익은 방울토마토. 현대백화점 식품 코너에서 다시 만났는데, 새빨간 심장 한 팩을 다시 만났는데, 지금은 찢어진 투명과 빈 용기만 있다. 아침까지 있었는데, 새빨간 심장 네 알이 내 앞에 남아 있었는데, 내가, 방울토마토가, 방울토마토 나무가, 한 알씩, 씻어서, 먹어서, 없다.

## 바다 밖에서의 목욕

목욕을 하고 있으면 먼바다. 등을 밀어준다 먼바다가 등을 밀 동안 나는 손등. 문지른다 물장구치는 불빛 속에 쪼그리고 앉아 손등. 문지르고 있으면 따뜻한 물. 차오른다 거꾸로 서서 신음하며 미로를 통과한 물. 머리에 계속 쏟아진다 내 머리에 계속 쏟아지는 물은 맑고 투명한 탯줄. 나는 투명한 탯줄 끝에 전신을 매달고 부글거리는 거품. 씻는다 나는 탯줄에 매달린 채 거품. 씻어주고 씻는 자. 미끈거리는 양막. 다 벗고 나서 수도꼭지를 잠그면 끝없이 딸려 나오던 탯줄. 뚝 끊어진다 먼바다는 끊어진 탯줄과 함께 벽. 속에 남는다 나는 끊긴 탯줄. 말라서 떨어질 때까지 타월. 속에 있다 아니다 벽. 속에서는 먼바다가 혼자 태반을 낳고 나는 타월 속에 젖은 배꼽을 남기고 마른 옷. 속으로 들어간다 먼바다는 남은 탯줄. 다시 돌아간다

## 집 없는 기억

리어카를 따라갔다
호마이카 장롱보다 작은 리어카

모퉁이를 돌아가면 또 모퉁이
넓은 길은 좁아지고
등에 업힌 아이는 잠들어 축 늘어지고

좁은 길옆에 쪽문을 열어둔 파란 대문 집
문간방, 연탄 광에 차린
캄캄한 부엌, 쥐들은 밥 냄새를 맡고
달그락거리고

리어카를 따라갔다
호마이카 장롱보다 작은 리어카

한 아이는 걸리고
한 아이는 업고
모퉁이를 돌아가면 또 모퉁이

한번 좁아진 길은 몇 번을 꺾어 돌아도
넓어지지 않고

리어카 위에는 아이들 목욕통
목욕통 안에는 빨간 비닐 곰

조금만 눌러도 삑삑 소리를 내고

햇빛은 장롱 위에서 번들거리고
장롱에 딸린 거울은 쓸데없이 커다란 하늘을 담고

# 돌 속의 넓은 풀밭

나는 어머니를 찢고 들어왔지요
어머니 피로 첫 옷을 입었고
어머니 비명으로 첫 귀를 열었고
어머니 손가락으로 첫 눈을 떴고
어머니 숟가락으로 첫 밥을 먹었지요
내 피가 내 아이의 첫 옷이 될 때까지
그 안에서 무럭무럭 자랐지요
누군가를 찢지 않고는 미궁 벗어날 수 없나니
나는 내 아이가 때맞춰 나를 찢게
긴 끈을 풀밭 입구까지 이어두었지요
내가 찢고 미궁 벗어날 때 어머니 물
모두 나를 따라와 내 딸에게로 갔지요
어머닌 나로 인해 질긴 돌이 되었으나
나와 내 딸이 붙잡고 빠져나온 긴 끈
질기게도 아직 그 풀밭 어귀에 이어져 있지요
질긴 어머니 잘 찢기지 않지만
반쪽 거울 들고 오는 발가숭이에겐, 이처럼
쉽게 돌이 되어 넓은 풀밭 이어가지요

## 심연을 먹어치우는 벌레

나뭇잎에도 심연이 있다
애벌레 한 마리 빠져 있다

하나의 심연을
한 시간도 안 걸려 먹어치우고
다른 심연으로 건너간다

자루만 남은 나뭇잎은
부르르 떨지만……, 애벌레는 모른다
눈도 귀도 없다,

때때로 머리를 들어 허공을 저으며
나비의 핏줄을 확인할 뿐

## 동백

바닷가 벼랑 틈에 깊디깊은 목구멍이 있고
무한 천공 이슬을 받아먹으며 자란 혀가 한 그루
솟아 있다

멀리서 보면 몹시 반들거리지만
햇살도 미끄러지게 반들거리지만
가까이 가보면 해풍에 터진 혓봉오리들이
핏빛으로 맺혀 있다

제 뿌리 붙잡고 있는 절벽이
텅 빈 소리의 길이 될 때까지
제 몸을 후벼파는 나무의
혀,
몹시 반짝이는 이파리들의 안타까운 손짓말

봄 운하를 저어 가는
외 노였고,
외 노에 딸린 목선이었고
목선에 딸린 삿대였고
목선 꽁무니의 방향타였고
돛대였고
뱃바닥에 고이는 물 퍼내는 바가지였고
잔고기 가두는 물 칸의 비스듬 열린 뚜껑이었고
그 전부를 싣고

설레임 설레임 저어가는
외 노였던,
나무의
혀

소리의 나무가 폭포수처럼 치솟아 바다를 덮을 때까지
오, 오, 오, 핏빛으로 갈라터진 혓봉오리들이라도
붉게, 붉게, 피워서, 파도에 떨구어야 한다

## 그리운 워워

—목련

컴퓨터를 켜둔 채 잠이 들었다
모르는 곳인데 인파 속에 있다
어디로 가야 집이 있나 두리번거리다 피스를 만났다
나는 피란을 가는 중이라 한다
나는 컴퓨터를 켜둔 채 잠이 들었다
아무도 없는 피스보다 식구들이 있는 워워로 돌아가려고 한다
피스의 군대들이 빽빽하게 줄을 지어 모퉁이를 돌아온다
나는 피스에 막혔다 빽빽한 군화 소리
붉고 노란 불방망이들의 끝없는 행렬
나는 피스의 군대에 떠밀려 억지로 걷는다
나는 컴퓨터를 켜둔 채 잠이 들었다
나는 워워로 돌아가서 아들과 남편을 만나야 한다
나는 자꾸 돌아보며 워워에 남은 아들과 남편을 걱정하다
피스의 발길에 걷어차였다
나는 컴퓨터를 켜둔 채 잠이 들었다
남편과 아들은 워워에도 없다
그들은 나를 찾아 피스의 군대에 입대했다 한다
불발탄들이 워워 소리치며 스쳐지나간다
밤에 피는 꽃들은 얼마나 아름다웠던가 빽빽 울던 아기는
나는 컴퓨터를 켜둔 채 잠이 들었다
나는 폭탄 옆에 앉아서

죽은 별들을 생각하다 워워에서도 걷어차였다
나는 우두커니 서 있는 우드 속으로 들어왔다
나는 필 거야 아니 터질 거야
내 손가락에 손가락을 얹어봐 가슴을 얹어봐
나는 마지막 폭탄에 가슴을 얹었다
나는 컴퓨터를 켜둔 채 잠이 들었다
나는 핀다
딱딱한 우드 속에서 솜털 골무를 떨어뜨리고
우윳빛 말들을 뱉어낸다

# 모래 위의 귀향

일하라, 일하라, 일하라, 일하라
인파에 밟히는 모래밭을
넉가래로 고르는 바다

일하라, 일하라, 일하라, 일하라
만조를 이룰 때까지 쉬지 않는 바다의 노동
앞에서
빨래판 주름이 문드러지도록 나도 일했노라고,
고즈넉이 펴 보일 역사가
내겐 없구나

돌아서자, 창마다 불을 밝힌 술집과 찻집
수레 위의 장미 다발
솥 속에서 끓고 있는 꼬치어묵들

돌아온 바다를 포위하고 흔들리는 불빛 성곽
안에서
먹고, 마시고, 노래하고

돌아서자, 저기 저
넙데데한 돌담처럼 부풀어오르는 검은 수평선
너머
내 어머니의 밤하늘 비추고 있는
빛의 깔때기들

내 의무의 녁가래 무수히 찾아 들고
일하라, 일하라, 불어대는
빛의 메가폰들

## 내 눈앞의 전선

전선은 그대로 둔 채 나뭇잎만 떨어졌다

집과 집의 경계를 처마끝보다 높이며
골목을 넘어 골목을 하나 더 가로지르고 있는

전선은 허공을 긋고
허공에 늘어져 있다

늘어진 전선의 가장 늘어진 부분이
박태기나무 머리를 지나가고 있다

빗방울들은 여름내, 푸른 잎에 묻힌 전선의
가장 늘어진 부분을 타고
박태기나무 머리로 흘러들었다

바람이 늘어진 전선을 흔들면
전선은 박태기나무 안 푸른 저수지를 흔든다

전선은 나무를 흔들면서 제 불변(不變)을 흔들고
나무는 전선을 치면서 제 불면(不眠)을 치는 것이다

## 내 눈앞의 난간

마루와 마당 사이에 난간이 있다.

놀다가 떨어질 어린애도 없는 집의 전면에
속 빈 강철 난간을 자연처럼 붙박아두고,
마당과 마루 사이에 서른 걸음 쉰 걸음을 들인다.

문이 닳고, 신발이 닳고
닳은 것들만 빛이 나고 몸을 바꾼다.

우리는, 처음의 그림을 후회보다 사랑한다.

집 한 채의 설계에서 완성에 이르기까지,
집 한 채에 소속된
생명 없는 것들의 탄생에서 죽음에 이르기까지,
얼마나 많은 파지가 잔토를 설레게 하는가를……

난간에는 나팔꽃 대신 녹이 잔뜩 피어 있다.
꽃 아니면 녹이라도 피어야 사람은 난간을 돌아본다.

죽도록 제 몸을 긁어 피우는 꽃을,
페인트와 붓을 들고 흔적도 없이 따버린다.

## 대해 속의 고깔모자

섬이다 섬으로 왔다
바람만 불어도 뱃길이 끊기는 하늬바다 작은 섬
힘센 손이 쥐었다 놓은 것 같은
대해 속의 고깔모자

스스로 찾아든 유배지
자청한 볼모
바다는 뱃길을 끊고 너그럽게 풀어놓는다

모자 위의 햇살은 번철 같다
너무 타서 집적거리지도 않는 에그프라이

모자 속의 시계는 느리다
돌담을 기어오르는 담장이넝쿨처럼 느릿느릿 간섭하며 간다
머리카락 끝에서 발톱 끝까지 흡,착,흡,착, 훑으며 간다
어느 쪽으로 가나 수평선에 갇힐 것이므로
반짝이는 수면마다 지나간 것들이나 가득히 펼쳐질 것이므로

트럭 짐칸을 얻어 타고 곧추선 언덕을 넘는 동안이
풍경과 속도의 궁전이다

궁전 밖에는 해당화

해당화 발등에는 뜨거운 몽돌밭
몽돌밭 위에는 태엽 풀린 시계 하나
파도의 잔소리 듣고 있다

아무리 작은 배도 섬보다 덜 흔들리고
모자보다 신발이 덜 고단하며
죽음보다 삶이 덜 지루하다

# 떠난 새집

저 나무,
제 몸의 것을 제 맘대로 떨어버리지 못하네

저 나무, 버즘나무
다섯 그루 중 세 그루가
까치집을 이고 있네

까치는 없네
까치는 1년만 살면 다른 곳으로 간다고

저 나무, 버즘나무
손가락 사이의 사마귀 같은 빈 새집 껴안고
하수종말처리장 석양까지 떠밀려왔네

저 새집, 버즘나무
가지 치는 길과 길 사이, 좁다란 삼각주에
불타는 바구니를 걸어놓았네

# 소

그 소는 말뚝에 묶인 채 죽었다

불어나는 흙탕물 속에서 제 앞만 보고 헤엄을 치다 죽었다

물이 빠지고 다리를 걷은 사람들이 죽은 소를 건지러 갔다

소의 둘레엔 옛날 성을 싸고 흐르던 해자처럼 깊은 도랑이 나 있었다

소는 제가 건너가려던 물속에 더 깊은 강을 팠던 것

둥그런 강물 속에 섬이 되어 누워 있는 소를 묶으려니
밧줄도 퉁퉁 불어 늦게 온 손들을 뿌리친다

# 새

너는 나뭇잎 사이에 모습을 숨기고
혼자 지저귄다

너는 나뭇가지를 누르며 솟구쳐
혼자 날아간다

너는 작다 가볍다 돌아볼 줄 모른다

너는 너밖에 모른다

# 2부 봄 잎

# 봄

내 봄은 커다란 항아리 속 같아
둥근 바닥에 꽃신을 놓고 앉아 있네요
보리밥이 싫어서 우는 계집애
올라가야 하는데 올라가야 하는데
내 몸은 지네가 아니네요
어머니는 시장 가고 아버지는 기원 가고
늘보리 언니는 부엌으로 불러 코피 터트리고
보리 동생은 징 소리 끌고 다른 항아리로 갔네요
넘어가야 하는데 넘어가야 하는데
사다리는 항아리 밖에 기대 있네요
발은 점점 커지고
꽃신에선 하나둘 꽃잎이 지네요
날아가야 하는데 날아가야 하는데
날개는 장마보다 멀리 있네요
햇살이 기둥처럼 들이치는 한때
혼절하여 항아리 같은 봄이 되었네요
작은 꽃신 찢어서 신고 날아가는 저 나비

# 봄 둘

나무 한 그루 심었지요 콩나물 같은 오리나무
오리 건너 또 한 그루
오리나무 두 그루 심었지요
하나뿐인 호미를 엄마 마당에 두고 와서
윤이 걸 빌려서 심었지요
호미질이 서툴러서 내 무릎도 함께 파였지요
한 그루 또 한 그루 양쪽 무릎이 파였지요
흙 덮을 때 내 두 손도 함께 덮었지요
오리 건너 무릎 하나…… 오리 건너
손 하나…… 오리 건너 무릎 하나……
오리 건너 손 하나……
콩나물 같은 오리나무 둘
내 손등을 파며 자라났지요
오리나무 뿌리 깊어질수록 내 두 무릎 앙상해졌지요
흙 모자라 덮어준 손은 흙이 다 되었지요
호미도 흙도 모자랄 때 오리나무 두 그루
무릎 파서 받아준 탓이라네요

## 서울, 회색 종점

수수비를 타고 온다, 비
기다리지 않을 때 오는
비 같은 여자
뱃고동도 울지 않는
새벽 거리
방금 열차에서 내린 신부
머리칼을 쓸어 올리며 시계탑을 본다
배와 차를 갈아타는 사이에
스무 시간이 갔군, 철길
밤새도록 평행선을 달려왔는데
시계의 얼굴은 둥글다
회색 안개 속에서 까만 테를 두르고
피어라, 피어라, 제 몸을 두드리는 수수꽃다리
안녕! 나는 다도해에서 왔어, 저기 저
택시를 잡으러 뛰어가는 남자는 내 신랑
회색 비둘기가 날아간다
회색 차가 굴러온다
회색 문이 열린다
안녕! 여기는 회색 종점
안녕! 난 회색 종점에서 출발해

## 노파

깊은 우물이 하나 있다
지은 지 88년째 되는 낡은 집이 있다
미수(米壽)에도 생일상을 받지 못한 볍씨 한 톨이 있다
말을 할 때마다 가르릉
가르릉 숨 끓는 소리를 내는

깊은 우물이 말라간다
아무도 돌보지 않는 낡은 집이 기우뚱하다
수십 년 된 요강을 방문 밖에 갖다놓고
돋보기와 틀니를 손 닿는 곳에 두고
전화기를 바짝 당겨놓고 누웠다

깊은 우물 옆에는
15분마다 시간을 알려주는 벽시계
흑백으로 바뀐 화면에서 지지지지
백설이 내릴 때까지 끄지 않는 티브이가 있다
그것들이 적막을 쫓아준다

깊은 우물 옆에는 단감나무가 한 그루 있었다
그 단감나무는 갈비뼈가 하나 더 모자랐다
늑막염을 오래 앓다 오래전에 죽었다
단감나무 자리에는 작은 창이 있는 방을 만들어
밤마다 불빛을 걸어둔다

깊은 우물에겐 함부로 부르지 않는 노래가 하나 있다
'흑탄 백탄 타는데/연기가 펄펄 나는데
이내 가슴 타는데/연기도 김도 안 나네'
깊은 우물의 노래는 깊은 우물에게만 들린다

깊은 우물을 찾아간다
가도, 가도, 길이 멀다

# 청렴

마당 넓은 집 우물가에 감나무 한 그루 있다
단감나무였는데 갈수록 맛이 떫어졌다
돈분이건 계분이건 뿌리를 들추고
봄 한철은 흠씬 묻어주어야 하는데
아랫집 윗집 세 가구가 두레박질하는 식수 옆이다
동네 사람들 수시로 나들며 물을 길어간다
언제나 문 열린 집 우물에나 붙어 서서
둥근 면경에 어울리게 매무새나 고치고
공기와 물과 햇볕만 배부르게 쪼이고 살았다
갈수록 열매가 줄고 그늘이 성글성글했다
떨어진 잎과 열매를 주워보면
깍지벌레가 허옇게 진을 빨고 있었다
얼마 안 되는 진을 짜서 벌레에게 나눈 뒤
작은 유리창이 달린 셋방 아래 누웠다

# 감을 깎으며

감을 깎으면 다닥다닥 붙어 있던 꽃자리가 드러난다

꽃을 찢으며 불거져 나온 작은 열매가
다디단 과육으로 익어 부풀 때까지, 꽃은
혼신을 다해 보듬고 있었던 거다
꽃받침이 내려앉도록 크고 무거워진 열매를
목 못 가누는 갓난이처럼 보듬고 있었던 거다
제 몸이 까맣게 타서 넝마가 되는 줄도 모르고

## 바지랑대 하나에

바지랑대 하나에 온 식구의 빨래가 매달려
저마다 떨구는 눈물

무겁게 처진 빨랫줄은
우는 빨래들을 한곳으로 미끄러뜨리고
바지랑대는 툭하면 흙 마당에 드러누웠다

나는 한때
우리집 바지랑대나 지키는 집보게였다

언제 떨어질지 모르는 빨래와
언제 드러누울지 모르는 바지랑대
곁에서 놀며

온 식구 빨래들이 줄줄이 떨구는 눈물에
목덜미 콧등 머리칼 적시며
젖은 노래나 부르는

## 밭

그녀는 밭을 팔았다 당산나무 아래 앉아 한숨을 쉬고 정월 지난 보리 이랑을 오래 밟아주고 밭 파시오 밭 파시오 조르던 사람을 찾아갔다

밭 판 돈으로 딸은 서양사학과에 등록을 했다 밭 판 돈을 들고 간 빚쟁이는 다시 오지 않았다 밭 판 돈으로 남편은 담배를 사고 막내는 운동화를 사고 대학을 마친 아들은 뉴질랜드로 가는 비행기표를 사고 돌아오지 않았다

그녀는 마른 멸치를 받아서 화물선을 탔다 이제는 바다가 밭이다 이제는 마른 멸치를 팔아서 보리를 사고 녹두 콩 팥 솎음배추를 사고 시금치를 사고 풋고추 파 애호박 늙은호박 고구마줄기까지 사고 땔나무를 사고 남편 담뱃값을 주고 막내딸 수업료를 주고 팔다 남은 멸치를 고추장에 찍어서 물밥을 삼키고 다시 바다로 간다

그녀가 판 밭 아래로 길이 지나간다 그녀가 한숨 쉬던 당산나무 아래까지 도시가 올라온다 그녀는 바다 앞에서 한숨을 쉬고 마른 멸치를 팔러 간다

## 이명

내 귀는 돼지 울음소리의 박물관, 나는 돼지 덕에 대학을 마쳤다. 한 학기에 한 마리씩, 나 대신 회초리를 맞으며, 집을 쫓겨났다.

나는 돼지를 밀도살하라고 뒷마당을 빌려주는 집에서, 자취를 했다. 내 공부방 뒤뜰에서, 비명을 지르며 죽어간 검은 돼지들. 나는 즐기지도 않는 돼지국물을 얻어 마시고, 애인을 기다렸다.

거대한 암퇘지가 내 왼쪽 어깨를 무너뜨리고 물처럼 스며드네. 꿈이 아프거든 눈을 떠라! 아버지 목소리. 설거지통을 떠돌다 강으로 가고…… 겨울 산을 타고 내려오다 왼쪽 손목뼈를 다치네.

밤이 돌아오듯이, 검은 돼지도 돌아온다. 꿀꿀거리며, 소리의 박물관을 차리고 있다.

# 말

파도치는 풀잎 끝에서
자욱이 날아오르는 새

난무하는 머리카락

공중변소에 쏟아지는 오줌 다발 같은
들고양이 울음소리

울고 나도 시체를 찾을 길 없는
미로의 자식들

## 우연

마침 그때 그곳을 지나갔다
마침 배가 고팠고
마침 그를 먹었다

그와 내가 수저를 놓고
걷고 있는 사이
지붕 없는 곳이 한없이 넓어져갔다

별 없는 밤이 옆구리를 들추며 밀려들었다

그와 내가 손잡고
캄캄하게 누워 있는 사이
서른다섯 송이의 장미가 피어났다 졌다

## 내 발등

목련꽃이 피니까 라일락이 다가와서
추근추근 향내를 뿌린다

꽃잎 틈으로 꼬리를 넣고
엉덩이를 디밀고
발이 들어오고
몸통이 들어오고
돌아서더니 와락
주걱 같은 꽃잎을 뜯어내렸다

떨어지는 주걱마다
내 발등 내가 찍었다 한다

# 네번째의 풀밭

잔디, 세 번 심었으나 세 번 다 죽었다
잔디, 죽은 자리에서 돋는 질경이들 뽑다 뽑다 둔다
뜯어먹고 싶도록 연하고 푸른 잎들이 연방 번진다
며칠 사이에 한두 뼘씩 넓어지기도 한다

질긴 질경이들의 방
열어보면 고샅 고샅 개털 박혀 있다
개털 박혀도 꽃대 올리고 파리 부르고 잎새 꼿꼿이 쳐들고
감잎 말아가는 바람에도 끄떡 않는다

밟혀도 죽지 않는 시멘트 풀밭
그 모나고 단단한 잎새들을 밟고 오면서
금가고 기우뚱거리기도 하는 풀잎들의 길
복병처럼 뿜어대는 흙탕물에 신발 적시기도 하면서
잔디, 죽어버린 이유를 생각한다

잔디, 첫번째 잔디를 죽인 것은 개 오줌이었다
두번째 잔디를 죽인 것은 개 오줌과 개발톱이었다
세번째 잔디를 죽인 것은 개 오줌과 개발톱과 빌딩 그늘이었다
세번씩 잔디를 죽인 개는 아직도 마당을 활보하고 있다
내가 잔디보다 개에게 기대는 것이 있기 때문이다

아이들이 어릴 때
개의 봉분과 사람의 봉분이 나란히 그려진
그림책을 본 적이 있다, 그 화가는 같은 붓으로
개의 봉분과 사람의 봉분에 똑같은 잔디를
입혀놓고 있었다, 사람이 심지 않은 풀들이 고개들
여백이 없었다, 붉은 흙의 완강한 침묵을
잔디 그리던 붓으로 덮어버리고 있었다

## 밥으로 죽 끓이기

1

물은 변경에서부터 끓기 시작했다.
말간 거품들이 가장자리에서부터 떠올라
숫자가 점점 많아지더니, 뜨거운 벽을 등지고
밥 덩어리 쪽으로 몰려들었다.
밥 덩어리를 통과하여 다시 떠오른 거품들은
눈알이 뿌옇게 흐려 있었다. 참기름은
끓는 물의 표면에 떠서 호박빛 눈알을 굴리고
물먹은 밥알들은 바닥을 덮으며 불어올랐다.
나는 드디어 숟가락을 들었다.
중심에 모여 풀리지 않는 참기름을 떠내고,
바닥을 부드럽게 저어주어야 했다.
있는 밥으로 죽 끓이는 일 무척 쉽지만
끝끝내 풀리지 않아 떠내야 하는 부분이 있다.

2

죽을 다 먹은 뒤,
복작대던 냄비 안과
빈 숟가락을 들여다본다

텅 빈 뱃전에 비스듬히 기대 있는 노 하나

주변도 중심도 물도 기름도 밥도 죽도
사라진

둥근 배 안

나는 다시 노를 든다, 앉았던 항구를
두 삿대를 일으켜 밀어낸다

식탁, 이 불멸의 항구를 찾아
어깨가 처져서 돌아올 저녁 뱃사람들을 위해

# 범여울

호랑이는 새끼 둘을 낳았답니다
다 자라기도 전 큰물이 가로막았답니다
한 마리는 돌로 눌러 이쪽 강변에 남겨놓고
한 마리는 입에 물고 강을 건넜답니다
강을 건넌 새끼도 따라가겠다 울어 돌로 눌러놓고
남은 새끼를 데리러 돌아왔답니다
혼자 남은 새끼는 돌 밑에서 죽었답니다
강을 건넌 새끼도 돌 밑에서 죽었답니다
비 오는 밤마다 호랑이는 개울물을 뜯으며 웁니다
개울물은 뜯긴 포대기를 펄럭이며 웁니다

## 내 사랑은

내 사랑은 길고 깊은 골절의 와중

뼈 부러진 아내를 위해 우족을 씻고 있는 남자의 물 묻은 손등 위

뼈 부러진 아내를 위해 젖은 홍화씨를 볶고 있는 남자의 구부정한 어깨 위

뜨거운 솥 안에서 하염없이 휘둘리고 있는 나무주걱의 자루 끝

# 3부 거울

# 무채색의 새벽

나는 서쪽으로 돌고 싶은 바람개비야/나는 동쪽으로 돌고 싶은 바람개비야

네가 왜 내 날개를 다치면서 돌아/네가 왜 내 날개를 다치면서 돌아

왜 내 말 따라 해/왜 내 말 따라 해

이 동편네야/이 서편네야

이 미친/이 미친

날개들의

새벽이

밖에

서

부

터

샌

다

발치에서, 커다란 거울 하나가 지키고 있다

# 창 없는 겨울이 지나간다

창 없는 겨울이 지나간다
길고 어두운 동굴 속으로 박쥐를 집어넣고
창 없는 겨울이 지나간다
출구가 어디요 물을 때마다 더 못된 박쥐를 집어넣고
창 없는 겨울이 지나간다
나 태어나던 초가지붕 밑에 어머니를 다시 앉히고
창 없는 겨울이 지나간다
어머니 왜 포대기를 꿰매다 말고 허벅지에 바늘을 꽂고
창 없는 겨울이 지나간다
어머니 왜 허벅지를 찔린 후에야 등잔의 심지를 돋우고
창 없는 겨울이 지나간다
어머니 왜 토막 촛불은 모았다가 모두 내게 주시고
창 없는 겨울이 지나간다
나는 왜 그 지극한 불빛 아래서 연애소설만 읽었나
창 없는 겨울이 지나간다
똥 싸고 푸득거리는 박쥐는 쫓아야겠는데 성냥불은 이내 꺼진다
창 없는 겨울이 지나간다
박쥐들의 동굴을 빠져나가야겠는데 성냥불은 이내 꺼진다
창 없는 겨울이 지나간다
마지막 성냥개비로 불을 당겨 내 열 발가락에 붙였다
창 없는 겨울이 지나간다
열 발가락에 불꽃을 매달고 물구나무를 서서
불꽃과 연기가 쏠리는 쪽으로 간다
창 없는 겨울이 지나간다

동굴 밖 비탈밭에 매화꽃이 만개했다
매화나무 옆구리를 툭툭 치니 꽃잎이 날린다
창 없는 겨울이 지나간다

아무도 없는데 재 냄새가 난다

## 더그매

그는 나의 천장. 천장 위의 천장. 2밀리미터의 합판과 한 겹 도배지가, 그와 나를 동거하면서도 별거하는 빛과 어둠, 상층과 하층으로 갈라놓았다.

내 천장 위의 천장, 그의 속은 캄캄한 어둠. 그에게로 가는 길은 멀다. 24개의 계단을 올라간다. 서쪽 끝에서 동쪽 끝까지 좁은 통로를 따라간다. 딱딱한 외벽에 닿게 된다.

빗방울과 쥐 오줌이 얼룩을 만드는 얇은 천장 아래, 아기 기저귀를 가득 널어놓고 다른 냄새를 조금씩 알아가던 때— 그때는 어렴풋하던, 내 머리 위의 심연.

그는 손 하나 대지 않고 내 행동과 사고를 지배한다. 그와 나 사이의 가로막 2밀리미터. 나는 그것을 몇억 년의 시간을 압축시켜놓은 화석의 두께라고 생각한다.

그가 내 등불을 들고 있다. 그가 내 24시간의 등불을 들고 있다. 그가 내 24시간의 등불을 고통스럽게 들고 있다. 어둡고 어지러운 선(線)들은 모두 자신 안에 가둔 채, 깔끔한 천장과 빛은 모두 내 쪽에 둔다.

나는 그의 고통을 양식으로 나의 고통을 시로 쓴다. 함께 어두워지기를 그는 얼마나 비는가! 나는 즐거움도 숨

긴다. 그는 창과 방패를 동시에 준다. 나는 모순을 이고, 모순을 밟고 간다.

## 어제는 무얼 했나

어제는 무얼 했나
처음으로 울었어요. 내 배꼽으로 이어진 기다란 줄로, 때때로 자장가 들려주던 엄마의 음성이 갑자기 북 찢는 소리로 바뀌며, 알 수 없는 손길이 사정없이 내 볼기를 쳤어요.

어제는 무얼 했나
바다 밑 해초마을을 걷고 있었어요. 조그만 달이 수면을 흔들며 나를 불렀어요. 나는 물 밖의 달을 잡으러 허우적거리며 떠올랐어요. 앞쪽에서 파도가 밀려왔어요. 뒤쪽에서 파도가 벽이 되었어요. 오른쪽에서, 왼쪽에서, 파도는 강철의 손을 걸고 있었어요. 달빛은 사금파리처럼 내 머리 위에서 부서졌어요.

어제는 무얼 했나
바람 속에 있었어요. 바람이 가시나무 가지를 퉁겨 내 머리카락을 잡았어요. 나는 거미처럼 대롱거리며 가시나무 가지를 잘랐어요. 내 손바닥은 내 피로 붉은 노을이 되었어요.

어제는 무얼 했나
하나뿐인 아가씨를 전송했어요. 바람이 불면 바위를 물어뜯는 파도의 울음소리, 더이상 듣지 않아도 좋을 곳으로, 떨면서 걸어가는 아가씨의 발밑에, 무지갯빛 비단

천을 깔아주었어요.

어제는 무얼 했나

모든 여자와 굴욕을 흙에 묻었어요. 내 뜻밖의 이 묘혈들을, 한 산이 어깨를 기울여 받아주었어요. 이제는 조용히 누워 산의 살이 되는 길. 아아, 그러나, 바람을 따라 흩날리는 붉은 흙들의 춤을 내 마음이 아니라고 말할 수 없군요.

# 엄마의 풍선을 찾아가는 풍선의 노래

나는 두 아이를 낳고 두 아이를 지웠다네. 그녀의 넋두리는 33년 동안 계속되네. 그녀의 가족들은 넌더리를 내며, 각자의 동굴 속으로 떠나버렸다네. 그녀는 먹고 자고 먹고 자고 먹고 자는 것이 일. 물렁물렁한 잠 항아리 속으로 지운 아이들이 돌아와, 엄마를 들어내자 엄마를 찢어버리자. 엄마를 키우는 데도 돈이 든다네. 땀 뻘뻘 흘리며 잠에서 빠져나오면, 바싹 마른 빨래 곁으로 낳은 아이들이 돌아와, 엄마를 줄에서 걷어버리자, 엄마를 개켜서 장 속으로 넣어버리자. 엄마를 치우는 데도 돈이 든다네. 자나 깨나 자나 깨나 아이들의 합창 소리. 잠 속에도 밥 속에도 아이들의 합창 소리. 엄마를 풍선에 매달아 날려버리자. 그녀는 풍선에 매달려 엄마를 찾아간다네. 엄마엄마 엄마의 풍선을 찾아다닌다네.

## 찔레

장미를 심었는데 찔레꽃이 피었다. 크고 노란 장미 대신 보는 찔레꽃. 자잘하나 향기로운 하얀 꽃 떼 따라, 찔레 계곡으로 들어왔다. 장미를 몰아내고 찔레 계곡에 빠진 돌멩이들. 하늘을 몰아내고 내 그림자를 담는 계곡. 은빛 물고기들은 두려워서 돌 밑에 숨고, 실잠자리들은 먼 데서 날개를 떤다. 이 계곡에서 내 키는 찔레보다 작다. 계곡을 무너뜨릴 듯이 우거진 찔레 덤불이 가시 손을 내민다. 나는 까치발을 떠서 찔레 꽃대를 붙잡고, 머리 위에 화관처럼 얹히게 했다. 금빛 꽃가루의 비가 머리를 적시고 얼굴을 타내린다. 손가락은 가시에 찔려 핏방울이 솟지만, 신기한 것을 즐기려는 호기심이 아픔보다 크다. 찔레 가지 붙잡은 채 웅덩이 속 내려다본다. 찔레꽃 화관을 쓴 소녀가 물속에서 웃고 있다. 꼭 한번 써보고 싶었던 찔레꽃 화관. 물속의 소녀를 향해 고개를 끄떡인다. 내가 고개를 끄떡일 때마다 꽃가루가 떨어진다. 웅덩이 속까지 꽃가루의 비가 내린다. 꽃가루와 꽃잎 아래 소녀가 묻힌다. 물속의 소녀를 건지려고 찔레 가지를 놓았을 때, 퉁겨진 가지는 크게 흔들렸다. 찔레꽃이 떨어진다. 찔레꽃에 묻힌다.

## 그림자의 언덕

지나간 것들—,
지나간 것들의 그림자—, 혹은
지금이거나, 아직 오지 않은 시간의
그림자일 수도—, 언제였는지 언제일지는
알 수 없지만, 어느 새벽에 내가 본 그림자 사람들,
그들이 침묵으로 오르고 있던 왼쪽이 더 높은 언덕

모자 달린 만티카 자락
발목까지 치렁거리며 언덕을
오르는 세 사람—, 앞사람은 잠깐
사이에 커다란 보퉁이였나보다. 뒤에
선 사람은 잠깐 사이에 칭얼거리는 아기였나
보다, 가운데 선 사람은 잠깐 사이에 앞에 섰던
보퉁이를 이고 뒤에 선 아기를 업으려고 언덕에
쭈그려 앉았나보다. 둥글고 환한 빛이 중세의 수도승
같은 사람들 그림자를 가두고, 한쪽 측면만을 투명하게
비추다 이내 캄캄해지던 것

그리고 또 한 사람—,
가장 나중에 오르던 사람—,
저 아래쪽 숲에서부터 아주 밝은
랜턴을 들고, 줄기 위에서 쉬고 있는
빛깔 없는 구름들을 흔들흔들 비춰보며
구불텅거리는 숲길을 올라온 사람. 지나간

사람들을 찾으러 왔다고 생각되는 사람. 그 역시
수도승처럼 검고 긴 만티카 차림. 랜턴 빛으로 나를
잠깐 비추며, 무엇인가 묻던 사람— 내 대답 듣기도 전
언덕 쪽으로 돌아선 사람. 이내 희미해지고 숨죽이던 빛

그날 그 새벽 숲에서—,
어두운 새벽 숲이라고 생각되는 곳에서—,
나는 내가 있는 곳을 알았다. 이 숲에선 내가
다만 바라보는 자라는 것도—, 나는 대답하지 않아도
대답을 듣는 자라는 것도—,

## 호생약국(好生藥局)

오후, 아버지를 만나려고 마흔일곱 계단을 내려갑니다
내려다보면 캄캄하고 아득하지만 기억을 쓰면 잠깐 사이에 하강하지요
계단을 다 내려가면 큰길이 있고 큰길 옆엔 호생약국이 있지요
아버지는 안 팔리는 약을 팔고 계시지요

큰길 모퉁이를 꺾으며 삐뚜름히 돌아서 있는 것이 소방서 건물이고요 그 꼭대기에는 사이렌 울리는 망대가 있고요 망대 유리창은 한쪽 눈으로 길 건너 호생 내려다봅니다 호생약국 간판은 평화여관 간판과 나란히 붙어 있지요

좋은(好) 삶(生)
사는(生) 것이 좋아(好)
여자(女)가 아들(子)을 안고 산다(生)
좋구나(好) 사는 일(生)
호생이 무슨 뜻이어요 물었을 때 큰손으로 머리만 헝클어주시던 아버지
호생 안에는 딴소리로 불빛을 읽는 약병들이 벽처럼 둘러 있지요
평화로운 졸음에 빠져 상표가 낡아가는 약병들
도무지 팔리지 않는 약병들을 혼자 지키며
아버지는 가로수처럼 늙어가자요

오후, 계단을 다 내려온 내가 호생 안으로 들어서자, 아버지는 자신의 계단을 올라갑니다

호생 위층에는 종일기원이 있고, 기원 바닥은 호생 옆 평화여관 입구 위까지 툭 터져서 이어져 있지요

내가 몇 번씩 부르러 갈 때까지 아버지는 호생과 평화 위층에 앉아 바둑을 두실 겁니다

아버지는 내기 바둑을 가끔 두는데 지고 나면 며칠씩 복기(復碁)를 하지요

아버지가 흑돌과 백돌로 자신의 실패를 복기할 동안 나는 아버지가 남긴 약을 팔지요

아버지는 자신이 세운 호생 위에서 느릿느릿 복기나 하고 싶겠지만

나는 호생 안에서 빨리 벗어나 나의 계단 오르고 싶지요

## 이 무거운 아버지를

키만 멀쑥 큰 바지랑대, 엄마는 이불을 널지, 뒤집어진 궁륭처럼 빨랫줄은 등이 휘지, 흔들흔들 춤추다 툭 끊어지지, 엄마는 넘어진 바지랑대를 세우고, 땅에 떨어진 이불을 툭툭 쳐서 안고 봉분 속으로 들어가지

엄마 봉분 위에 아버지가 엎드려 흑흑 느껴 울지, 신음하는 술잔은 계속 쏟아지지, 나는 햇볕을 가르며 다가가 무거운 아버지를 일으켜세우지, 엄마는 병이 다 나아 봉분 밖으로 나오지, 봉분 밖으로 나온 엄마는 딸을 못 알아보지

굴뚝마다 저녁연기가 다시 꽂히고, 집 없는 고양이가 귓속에서 울고, 쪽배처럼 가슴이 파인 달이 하나 긴 장마를 건너오지, 나는 장마에 넘어진 바지랑대를 타고 무한천공 봉분 속으로 흘러들어가지

내 봉분은 투명하지, 신음하는 술잔은 계속 날아오지, 봉분 속의 엄마는 계속 아프지, 무한 천공 햇볕을 가르며 다가와 이 무거운 아버지를 일으켜세울 딸은 아주 멀리 있지, 내 딸이 엄마를 알아보지 못하는 날은

## 불가능한 꿈

나는 납이 아니라 납 실은 수레가 아니라 늙은 마부가 아니라 다리 저는 말이 아니라 휘두르는 대로 후려치는 가죽 회초리가 아니라 그 모두를 싣고 가는 수레바퀴

나는 그 무거운 것만이 아니라 그 끙끙거리는 것만이 아니라 그 쓸쓸하고 고달픈 것만이 아니라 그 호령하는 것만이 아니라 그 무턱대고 순종하거나 삐거덕거리는 것만이 아니라 그 모두를 한 몸에 실은 수레바퀴

이 딱딱한 아스팔트 위에서 이 답답한 빌딩 그늘에서 이 텁텁한 공기 속에서 앞만 보고 질주하는 네 바퀴 틈에서 백 년 전의 50년 전의 흙길을 달리는 두 바퀴

아무도 돌아보지 않는 헛간 구석에서 한 바퀴는 이쪽에 한 바퀴는 저쪽에 퉁그러져서 누워 꾸는 허구한 날의 꿈
도란도란 흙길을 달리는 수레바퀴 한 쌍의 꿈

## 잠깐 본 항아리

바닥없는 항아리에 주둥이까지 물이 가득차 있다. 내 오른팔이 대형 국자처럼 비스듬 꽂혀 있다. 빛의 진액만으로 빚은 듯 투명한 항아리, 내 손은 죄를 모르는 아기 손의 모습. 보시기에 아름다울 수면을 열고, 거울처럼 맑고 고요한 물의 층계를 가로질러, 물 없는 바닥에 바닥처럼, 손등을 내려놓고 있다. 물은 오히려, 바닥없는 항아리 바닥 쪽으로부터 한 뼘쯤 거슬러오른 안쪽 기슭에, 수평선 같은 바닥을 만들고, 그 위로만 차 있다.

내 지극히 흠모하는 빛의 진액만으로 빚은 듯한 항아리를 팔에 두를 때까지, 내 오른손은 환한 계곡에서 물을 뜨고 있었다. 내 지극히 흠모하는 곡선의 세계 안에서, 뒤집어진 바다와 하늘 사이에서, 움직이지 않는 선 하나를 발견할 때까지, 환한 계곡에서 환한 바가지로 물을 뜨고 있었다. 환한 물이 담긴 바가지를 수면 위로 들어올리는 순간, 환한 바가지는 사라지고, 바가지처럼 오그린 내 손안의 물도 나를 담고 있던 계곡도 사라져버렸다. 그러니까, 그 바가지는 제멋대로 왔다가 제멋대로, 환한 항아리를 내 오른팔에 둘러놓고 사라진 것이다.

그 환한 계곡이 내 앞으로 올 때까지, 희부윰한 어둠 속에 눈을 감은 채, 그릴 수 없는 공기들의 소용돌이를 보고 있었다. 시계 방향으로 도는 공기들과, 그 반대로 도는 공기들. 빙글빙글, 내 눈앞의 암흑을 파며 도는 하얀 소용돌이들의 공방전. 지켜보는 것만으로도, 난 어지러워, 난 아파, 아픔을 배달하는 오토바이 한 대가 내 몸속을 마구 돌아다니는 것 같아, 나도 모르는 곳에서 나는 기도했으리. 이긴 자의 항아리가, 나와, 내 아픔을, 따로 담아주기를……

내 육체의 한끝을 바닥없는 항아리 속으로 이끌고 갔던 빛은 무얼까? 내 꿈의 전신이 뛰어들 사이도 없이 사라져버린 계곡은 왜 내게로 왔던 것일까? 어느 새벽이 에너지가 다하도록 보여준 빛과 공기의 장난들. 잠깐의 눈부심, 잠깐의 황홀. 내 어깨에 매달려 있었으나 내 팔이 아니었던 신생의 모습. 내 아픔이 사라지자 그 항아리도 사라졌다. 나는 폐경기를 넘어섰다.

## 청동 벽걸이

공방 제3공간에서 벽걸이 하나를 샀다
옆모습은 꽃병인데 녹슨 구리판이다
번쩍이는 구리판에 쓴맛과 신맛을 입혀 늙은 티를 내고
온갖 무늬를 오려 붙였다
이 꽃병 아닌 꽃병을 받쳐들고 있는 굽은 검고 두드러져
숱 많고 화 잘 내는 남자의 다붙은 눈썹 같다
이 꽃병 아닌 꽃병의 가슴은 큰 발이 밟았다 놓은 것처럼 납작하다

이 꽃병 아닌 꽃병을 오래 들여다보고 있으면
한 여자의 가슴 안으로 모습을 감춰버린
길 한 토막이 드러난다, 그 길 안에는
바지처럼 늘어나서 문을 길게 열어둔 집이 한 채 서 있다
무성한 녹나무들이 그 집을 에워싸고
별빛은 지붕 위에만 모여서 반짝인다, 그 집 벽면엔
열리지 않는 창이 하나 있다, 몇 달을 지켜보아도
열리지 않는

이 꽃병 아닌 꽃병의 가장자리엔,
추락하는 새, 솟아오르는 항아리, 떠도는 잎새 한 장
하늘로 던져진 지팡이,
깜장 고무신 바닥에 쌓아두고 보는 눈, 코, 입, 귀,
허공 속에서 붐비는 삶의 구멍들,
한 여자를 가로질러간 삶의 무늬들이

제멋대로 붙어 있다

시간의 거울이다
나를 바라보는 나, 나를 깨우는 나,
나는 미래로 가고 있었다, 청동 벽걸이는 아니다

## 화몽(花夢)

꽃 보러 간다 피어나는 철쭉 같은 처녀 하나 데리고 철쭉꽃을 보러 간다

분홍 잠자리 날개 같은 것들 밑을 활짝 열어젖히고 쭉쭉
소리 나게 햇볕을 빨아대는 왕모래 능선으로 간다

숨차게 더우면 노르스름 꽃 피는 솔순 하나 따먹고 따라온 처녀를 꽃 무더기 옆에 세우며

활짝 열린 꽃 속에서 돌고래 수염을 보고 일렁일렁 파도 속을 헤엄치며 간다
활짝 열린 꽃 내벽의 붉은 점들을 보고 더 깊은 바닷물 끌어다 벗은 몸 덮으며 간다

뙤약볕 비탈에서도 화사한 꽃 무더기는 조금 끝 썰물과 같아

때깔 고운 한때를 낚아 긴 꽃배에 태우려고 살모사 허리를 밟을 뻔했던 큰 바위 그늘로
처녀를 달고 내려간다

뚜두둑 뼈 부러지는 소리로 굳은살이 열리고
불꽃같은 통증이 심장에 꽂힐 때까지 상수리나무 뿌리에 깊게 엎어진 몸

바퀴 하나를 떼어낸 자동차처럼 벌렁 드러누운 뒤에야
허방에 뜬 꽃잎 틈에 한쪽 발이 끼인 줄 알았으니

## 풍경의 저쪽

가끔 보는 중랑천을 물의 성경으로

중랑천 고수부지를 물의 성경 겉장으로

중랑천 고수부지에 번지는 불을 물의 성경 겉장을 태우는 불씨로

제 키만한 댑싸리를 들고 불을 잡으러 뛰어다니는 소년을 불의 아버지로

댑싸리를 맞을수록 몸을 나누며 길길이 뛰는 불을 불의 자식들로

길길이 뛰면서도 둥글게 손잡는 불의 춤을 불의 강강술래로

둥근 불에 갇혀 댑싸리를 내리고 우두커니 서 있는 재 위의 소년을 자신이 지른 불의 울타리를 넘지 못한 불의 아버지로

삽시간에 재가 되어 주저앉은 마른풀들을 불의 어머니로

날개도 달기 전에 타 죽은 벌레들을 날개교의 순교자들로

저무는 하늘로 검은 연기를 끌고 훨훨 치솟는 불길을 물의 성경 겉장에 둥지를 틀고 살던 불새들의 비상으로

몸 바꿔 바라보는 사이에 다리를 건너왔다. 왼쪽 옆구리에 붙어 있던 중랑천이 오른쪽 옆구리에 붙어 있다. 왼쪽에서 중랑천을 읽고 있던 왜가리가 오른쪽 중랑천을 뒤적거리고 있다. 오랜 가뭄으로 얇아진 중랑천. 왜가리

의 두 발이 뒤적뒤적 뒷장을 들어올릴 때마다, 타는 모래의 말들이 중얼중얼 떠올라 하류로 간다.

# 낮달

내가 하나였을 때, 입술을 달싹거리던 달
내가 둘이었을 때, 젖꼭지를 깨물던 달
내가 셋이었을 때, 가랑이를 열고 응애 울던 달
내가 넷이었을 때, 탯줄을 감고 늘어지던 달

따라오네……

……따라오네

# 4부 호두

## 개나리꽃 지고 난 뒤

앞에서 빛나던 태양이 갑자기 등뒤로 갔다. 개나리 이파리들이 경기하듯 옹벽을 타고 내려오고, 추락한 남자들은 반신불수가 되거나 실어증에 걸려 요양소로 실려갔다. 마을로 가는 버스는 예고도 없이 노선 변경을 하고, 잠깐 사이에 백 대도 넘는 자동차가 지나갔지만 승객은 하나같이 운전자였다. 아무리 손을 들어도 아무도 멈추려 하지 않았다.

어느 창에 사다리를 놓을까? 다락방에서 지하실까지 아무리 오르내려도 흙 한줌 만날 수 없는 건물 안에서, 한 여자가 울고 있다. 돌아설 수가 없다.

## 피난기

책 보따리와 옷 보따리만 들고 산중 할아버지 댁으로 갔다. 저녁 먹고 언덕에 올라도 별 하나 나 하나 세며 놀 수 없었다. 비행기가 산등성이를 스치듯 낮게 날면, 소쿠리만한 불덩어리들이 떨어져내리고, 굉음이 땅을 흔들었다. 산 너머 어디선가 땅이 갈라지고 바닷물이 끓어오르는 모양이었다. 그 불덩어리들이 우리 위에 떨어진다 해도 더이상 뒷걸음칠 수 없는 산중. 메뚜기와 가재를 잡다 억새풀에 쓸리고, 꽁보리밥에 조밭열무김치만 먹는 사이 한여름이 갔다. 가을이 되어 집으로 돌아왔을 때 우리집 광 문에는 총알 구멍이 나 있었다. 내가 나물 캐던 밭둑에는 한 병사가 죽어서 누워 있었다 한다.

안에서 문을 잠그고 전화선을 뽑는다. 얼마 동안 먹을 채소와 쌀 반 자루가 있다. 신문을 끊고, 티브이 코드를 뽑고, 시계와 달력을 내린다.

## 질문

보리밥 지어 먹고

보리밭으로 가면 네가 있을까

보리 그루터기들만 줄을 지어 밭둑을 넘고 있을까

낫날 자국 낭자한 텅 빈 그곳에

목 떨어진, 목 떨어진, 보리 이삭을 밟으며

술 취한 태양이 구워 먹을 듯이 이글거리고 있을까

사지를 버둥거리면서, 숨이 넘어가면서, 달아난 바람을

살에 박힌 보리 가시처럼 뜯어내고 있을까

발이 부르트도록 걸어서

텅 빈 보리밭으로 가면?

## 통 밖에서

초경을 치르기도 전에 죽은 아이는 어디로 가나

반대편 차선을 타고
고요히 흘러가는 저 사람들도, 결국
그 아이가 가는 곳?

환갑 지난 밥솥과 환갑 바라보는 국솥이
한 통 속에서 달그락거리며
기름때를 벗는 곳?

공사판에서 돌아온 옷과 산에서 돌아온 옷이
물 맞으며 매 맞으며 한 통 속에서 돌아가다 턱!
숨이 멎는 곳?

가랑이와 소매가 얽히고 비비꼬여 거품을 물고
돌아가다, 턱! 통 밖에
젖은 양말 한 짝을 떨구고 가는 곳?

다시는 돌아오지 마라 항아리 뚜껑을 던져서 깨고
문턱 밖에 엎어놓은 바가지를 밟아서 깨고
이불 홑청에 둘둘 말아
낯선 남자 등에 업혀서 보낸 그 아이는
어느 통 속에서 혼자 월경을 하나

# 변두리

나, ―나뭇잎
나 있는 곳, ―가죽나무의 가장 가장자리
천둥과 광풍이 가장 먼저 닿는 곳
떨면서 숨쉬는 곳

극장은 멀지만 정신병원과 양로원은 가까운 곳

종종 종점을 향해 달려온
빈 버스가
흙먼지를 일으키며 되돌아가는 곳

버려진 집들이 한쪽 어깨가 기울어
우두커니 햇볕을 쬐는 곳
버려진 사람들이 우두커니 저녁밥을 기다리는 곳
밤이면 별이 무서운 곳

이정표가 삭는 곳

# 내리는 눈발이

내리는 눈발이 바람을 이끌고/내 뺨에 처박힌다/다른 쪽 뺨에도 처박힌다/백주 대낮에 집으로 가는데/이 뺨에 저 뺨에 처박힌다//바람에 떠밀려 처박히면 더이상 눈이 아니다//눈이 아니다 그대 뺨에 내가 처박힌다/백주 대낮에 집으로 가다 말고/이 뺨에 저 뺨에 처박힌다//그렇게 처박힌 눈발들의 족적/이 팍팍한 허공 길 어디에도 없다//어떠한 순수의 빛도 결국 내리고 있을 동안이다/이 팍팍한 허공 길 혼자서 떠돌고 있을 동안이다/저 분분한 지상을 껴안는 순간 사라지고 만다//빙점을 유지하라

¡ 빙점을 유지하라 ¡ 빙점을 유지히라 ¡ 빙점을 유지하라 ¡ 빙점을 유지하라

## 비탈에 서 있는 여자

산 위에 서 있는 여자의 뒤에는
세 겹의 산이 있고

산 위에 서 있는 여자의 양쪽 옆에는
두 그루의 죽은 나무가 있다

죽은 나무 사이에서 웃고 있는 여자의 한쪽 손이
밑동만 남은 나무 위에 걸쳐져 있다

웃고 있는 여자의 반쯤 열린 입술 사이로
가지런한 의치가 반짝인다

순간이다

## 뚜껑이 덮인 우물

고궁 뒤뜰
왕비가 앉았다 떠난 툇마루에 앉아
변절한 애인을 생각할 때
뚜껑이 덮인 우물 하나 마주앉는다
아무도 떠먹지 않는 물이나 넘실넘실 끌어안고
왕비전 뒤뜰에서 늙어버린 여자
하늘색 나무 뚜껑으로 얼굴을 가린 채
오래된 돌담을 두르고 마주앉는다
젖가슴 아래까지 차오른 물이
그림자일망정 왕을 담았기에
아무 데도 갈 수 없는 여자
내가 잠시 허리를 굽혀 열어준다 해도
스스로 몸을 기울여 엎질러질 수도 없는 여자
세상의 표면으로 길을 내어 소리쳐 흐를 수도 없는 여자
어떤 왕이 이 그늘진 뒤뜰까지 와서
저 깊은 가슴에 맞는 두레박을 내려줄 것인가
반항보다는 체념에 익숙하고
모순을 숙명으로 받아들인 여자
뚜껑을 들추면 오늘의 하늘을 담을 수밖에

나는 건너간다
뚜껑 아래 여자에게 오늘의 하늘을 보여주려고
여자 속의 왕을 부수어 바람에 날려버리려고
발등까지 덮이는 하이힐을 신고 감색 바지를 입고

다가가는 고통과 다가오는 고통 사이에서
듣는 발소리
들어올리려는 힘과 누르는 힘 사이에서
새어나오는 악취와 암흑
뚜껑 아래 우물은 썩고 있었다
살아서도 죽은 것처럼 썩고 있는 여자
완강하게 뚜껑을 안에서 잡아당기며
악취로 대답하는 여자
내 힘으로는 도저히 바꿔놓을 수 없는 여자
죽어서 살기에 꼭 좋은 곳에 두고
수수꽃다리 향기를 좇아 돌계단을 오른다

## 소극적인 대책

나는 긴 관(管)을 통과중이다
입구는 밝고 둥근데
출구도 밝고 둥근데
중심 잡고 빠져나갈 만하면 곧추서는 터널

나는 긴다
어둡고 옹색한 터널 속에서
한쪽이 바로 서면 한쪽이 거꾸로 서야 하는
샴쌍둥이처럼

관(管) 같은 삶
관(棺) 같은 내 사랑

앞으로 기건
뒤로 기건
원점으로 쏟아버리고 싶어서 안달하는
관(管)을 달래며

손바닥아
무릎아 피 흘리며
좀더 아프자
나무 속의 항아리가
받아들일 때까지

관(管)을 관(棺)으로 삼기엔 너무 좁지 않으냐

## 오래된 칼

부엌에 있습니다. 부엌칼입니다. 날 끝에서 손잡이까지 5촌(村)쯤 됩니다. 제 날은 두껍습니다. 손잡이가 헐거워져 부목을 대고 칭칭 철사를 동였습니다. 여기저기 이빨이 빠지고 긁힌 자국들이 자우룩합니다. 제겐들 왜 촌철살인의 의지 없겠습니까? 저는 죽은 고기들이나 썹니다. 죽어서 부뚜막까지 밀려온 것들이 무덤의 문턱을 먼저 알아봅니다.

날렵한 날을 섬광 속으로 디밀고, 눈앞의 공기를 썩썩 베며 번쩍이고 싶은 욕망, 제겐들 왜 없겠습니까? 제 날은 무겁고 짧습니다. 죽은 고기들이 투박한 날을 이리저리 피하며 애를 먹일 때마다 남은 날을 가혹하게 칼갈이에 들이댑니다. 오른손으로는 칼을 잡고 왼손으로는 칼갈이를 잡고 이 날 저 날 뒤집어가며 쓱쓱 문질러 이 빠진 날들을 일으켜세우는 겁니다. 제 날이 날카롭게 서는 만큼 제 날은 짧아집니다.

이제 제 날은 2촌도 안 남았습니다. 죽은 고기들이나 썰면서 강철의 날들을 이토록 축내다니! 이제는 제 날이 저를 겨눕니다. 2촌도 안 남은 날이 저를 겨누는 겁니다. 자책과 비애가 물 끓듯 저를 끓입니다. 그럴 때마다 저는 제 날을 좀더 가혹하게 칼갈이로 갈아댑니다. 제 날은 머지않아 1촌도 안 남을 겁니다. 1촌도 안 남은 날 끝이 제 심장을 겨눕니다. 아아, 드디어 때가 왔습니다. 제 날의 성공을 빕니다.

# 된장 끓이는 저녁

항아리를 할머니로
항아리 뚜껑을 할아버지로
항아리 뚜껑 위에 쌓인 눈을 백발로
항아리 옆의 감나무를 세월의 몽둥이로
꺾어보는 사이에 저녁이 되었다
반찬도 없는데 전신이 아프다
백발과 할아버지를 젖히고
할머니 속의 된장이
뚝배기 안에서
펄펄 끓는다

## 호두

이랑마다 파도처럼 보리 까스라기가 일어서
노고지리 울릴 때
내 눈물도 딱딱하게 굳어졌지요

따그락 따그락
손안에서 굴리던 열매 두 알을 보면서

# 밖에 뭐가 있는가

밖에 뭐가 있는가

저무는 밖에, 저문 밖에
남자, 아니면, 여자
가는 길, 아니면, 오는 길
샐비어 꽃밭처럼 타오르는 미등들 밖에

곡진, 곡진, 이어가는 사랑 하나 밖에
사랑, 사랑, 뒤따르는 지리멸렬 밖에

해 뜨기 전에는 못 죽겠다는 가로등 밖에
갓길 밖에
빈 갓길 밖에

무도 가는, 배추도 가는
돼지, 닭, 비육우, 양파 자루도 서울로 가는
신문지에 말린 장미 다발도 포개져서 가는
흔들리며 가는, 빽빽한
저속도로 밖에

불 꺼진 버스
옆자리에 늙은호박을 앉히고
호박이 굴러떨어지지 않게 안전띠에 묶어 앉히고
두 귀에 이어폰 꽂고

내다보는 밖에

달랠수록 높이 우는 나무 한 그루 있다

# 지독한 민들레

305호 여자가 내복도 벗기 전에
민들레가 피었다. 흠 히터도 없는 보도 구석에서,
오지벽돌 옹벽 아래서,
모서리에서 모서리로 건너다니는
행인들 발길 옆에서,
어느 외투에서 떨어진 꽃단추는 아니라고
뒷걸음치면서, 옆걸음치면서, 엉덩방아를 찧으면서,
날 좀 봐요, 날 좀 봐,
홍타령도 아리랑도 못 부르는 민들레가
꽃 한 송이의 노랑으로 서울의 구석을 넓히고 있다.
콘크리트와 콘크리트의 좁은 틈을 열고
꽃 한 송이의 알몸으로 들판을 열어놓고 있다.
꽃받침부터 떠들썩해진 꽃봉오리들이
소음과 매연의 천장을 뚫을 듯이 고개를 빳빳이 쳐들고!

문학동네포에지 071

**내 눈앞의 전선**



초판 인쇄 2023년 8월 8일
초판 발행 2023년 8월 18일

지은이—이향지
책임편집—김민정
편집—유성원 김동휘 권현승 유정서
표지 디자인—이기준 강혜림
본문 디자인—최미영
마케팅—정민호 박치우 한민아 이민경 박진희 정경주 정유선 김수인
브랜딩—함유지 함근아 박민재 김희숙 고보미 정승민 배진성
제작—강신은 김동욱 이순호
제작처—영신사

펴낸곳—(주)문학동네
펴낸이—김소영
출판등록—1993년 10월 22일 제2003-000045호
주소—10881 경기도 파주시 회동길 210
전자우편—editor@munhak.com
대표전화—031-955-8888 / 팩스—031-955-8855
문의전화—031-955-2689(마케팅), 031-955-8865(편집)
문학동네카페—http://cafe.naver.com/mhdn
인스타그램—@munhakdongne / 트위터—@munhakdongne
북클럽문학동네—http://bookclubmunhak.com

ISBN 978-89-546-9371-4 03810



www.munhak.com

문학동네